29 avril 1902

VENTE

Du Mardi 29 Avril 1902

HOTEL DROUOT, SALLE N° 1

à deux heures

ANCIENNES PORCELAINES

DE

SAXE

OBJETS DIVERS

TAPISSERIE

AF372664

Mᵉ P. CHEVALLIER, commissaire-priseur

MM. MANNHEIM, experts

ANCIENNES PORCELAINES

DE SAXE ET AUTRES

OBJETS DIVERS

Tapisserie de Bruxelles du XVIIIᵉ siècle

Appartenant à MM. G... et X...

ET DONT LA VENTE AURA LIEU

HOTEL DROUOT, SALLE N° 1

Le Mardi 29 Avril 1902

à deux heures

COMMISSAIRE-PRISEUR	EXPERTS
Mᵉ PAUL CHEVALLIER	**MM. MANNHEIM**
10, rue Grange-Batelière, 10	7, rue Saint-Georges, 7

EXPOSITION PUBLIQUE

Le Lundi 28 Avril 1902, de 1 heure 1/2 à 5 heures 1/2

CONDITIONS DE LA VENTE

La vente sera faite au comptant.

Les acquéreurs paieront *dix pour cent* en sus des prix d'adjudication.

L'exposition mettant le public à même de se rendre compte de l'état des objets, il ne sera admis aucune réclamation, l'adjudication prononcée.

Paris. — Imprimerie de l'Art, E. Moreau et Cie, 41, rue de la Victoire.

DÉSIGNATION

Objets appartenant à M. G...

PORCELAINES VARIÉES

1 — Deux tasses avec soucoupes, décor de compartiments de fleurs, en ancienne porcelaine du Japon, doublées d'argent.

2 — Théière avec couvercle, décor bleu, ustensiles, en ancienne porcelaine de la Chine. Monture Louis XIV en cuivre.

3 — Cache-pot, décor à la haie fleurie, style japonais. Ancienne porcelaine de Chantilly.

4 — Plateau en ancienne porcelaine de Chantilly, à décor d'arbustes et oiseaux, supportant trois récipients en verre rose montés dans des galeries d'argent.

5 — Théière avec couvercle, décor à la haie fleurie, de style japonais, ancienne porcelaine de Chantilly, monture en argent.

6 — Sucrier avec couvercle, décor de gerbes, même porcelaine.

7 — Pot de toilette, décor bleu. Ancienne porcelaine de Mennecy.

8 — Pot à crème, côtelé, fleurs. Ancienne porcelaine de Mennecy.

9 — Pot à crème avec couvercle, fleurs. Ancienne porcelaine de Bourg-la-Reine.

10 — Tasse-trembleuse avec présentoir, décor de fleurs. Ancienne porcelaine tendre de Sèvres.

11 — Cinq coquetiers à décor de fleurettes. Ancienne porcelaine tendre de Sèvres.

12 — Figurine de chasseur debout, culotte jaune, veste verte. Ancienne porcelaine de Chelsea.

13 — Petit flacon à thé, avec couvercle, fleurs et personnages chinois. Ancienne porcelaine d'Allemagne.

14 — Flacon à thé, avec couvercle, décor d'animaux en camaïeu rose. Porcelaine d'Allemagne.

15 — Fontaine ornée de figurines, mascaron, branches fleuries et rocailles. Ancienne porcelaine d'Allemagne.

16 — Deux porte-huiliers avec flacons, décor de fleurs et rocailles, en ancienne porcelaine de Vienne.

17 — Socle, forme colonnette cannelée, en ancienne porcelaine de Furstenberg, décor de guirlandes dorées.

18 — Aiguière avec couvercle, forme persane, décor de fleurs. Ancienne porcelaine de Rudolstadt.

19 — Deux burettes, décor de fleurs en couleurs et motifs rocaille en bleu. Ancienne porcelaine de Nymphenbourg.

(Vente G. Hirth, de Munich.)

20 — Petit groupe : sujet galant. Ancienne porcelaine de Frankenthal.

21 — Groupe en ancienne porcelaine de Frankenthal : le Diseur de bonne aventure.

22 — Deux figurines : Danseuse et Joueur de cornemuse. Même porcelaine.

23 — Groupe en ancienne porcelaine de Louisbourg :

—

Chasseur et chasseresse auprès d'un motif
rocaille et d'un arbuste sur lequel est assis un
petit satyre.

24 — Ecuelle avec couvercle et plateau en ancienne
porcelaine de Hœchst : décor d'oiseaux.

25 — Quatre assiettes en ancienne porcelaine de
Hœchst, présentant, dans des compartiments,
des figures mythologiques et tirées de l'his-
toire; marli à imbrications.

PORCELAINES DE SAXE

26 — Petit plateau, forme feuille, orné de fleurs.
Ancienne porcelaine de Saxe.

27 — Plateau, forme feuille, décoré de fleurs, en
ancienne porcelaine de Saxe, avec deux récipients à couvercles ornés de fleurs, en ancienne
porcelaine de Berlin.

28 — Tasse et soucoupe en ancienne porcelaine de
Saxe, fleurs et imbrications bleues.

29 — Trois petits vases avec couvercles en ancienne porcelaine de Saxe, à décor de fleurs;
anses-têtes de béliers.

30 — Corbeille ajourée, ornée de myosotis. Ancienne
porcelaine de Saxe.

31 — Petit vase de fleurs en ancienne porcelaine de
Saxe, orné de cannelures bleues.

32 — Cafetière avec couvercle, réserves à paysages
animés, fond rose. Ancienne porcelaine de Saxe.

33 — Petit vase avec couvercle ajouré, orné de fleurs
en ronde-bosse et d'un chien surprenant des
perdrix. Ancienne porcelaine de Saxe.

34 — Candélabre, à trois lumières, en ancienne porcelaine de Saxe, décor de fleurs et feuilles.

35 — Flacon à thé à pans avec couvercle, décor de
personnages orientaux. Ancienne porcelaine de
Saxe.

36 — Paire de petits vases rocailles simulés en
ancienne porcelaine de Saxe.

37 — Petit brûle-parfum en forme de corbeille, à
couvercle surmonté d'un bouquet de fleurs.
Ancienne porcelaine de Saxe.

38 — Boite en ancienne porcelaine de Saxe, décor
gaufré et en couleurs : fleurs; à l'intérieur,
concert dans la campagne.

39 — Cabaret comprenant : une théière, une cafetière, un pot à lait et un sucrier avec couvercles,
six tasses et six soucoupes, ancienne porcelaine
de Saxe, décor de fleurs de style japonais.

40 — Écuelle avec plateau en ancienne porcelaine
de Saxe, à sujets de marines et paysages animés ;
monture et couvercle en argent repoussé à
personnages, de travail allemand.

41 — Deux petits vases ajourés, avec couvercles et
sur piédouches, en ancienne porcelaine de Saxe :
décor de sujets champêtres, avec fleurs et bran-
chages en ronde-bosse.

42 — Chocolatière avec couvercle, sujets militaires.
Ancienne porcelaine de Saxe.

43 — Six tasses avec soucoupes, sujets genre
Teniers. Ancienne porcelaine de Saxe.

44 — Deux vases avec couvercles ajourés en ancienne porcelaine de Saxe, décor de fleurs et
fruits en couleurs et relief, avec figures en
ronde-bosse ; bouquet de fleurs en guise de
bouton de couvercle.

45 — Coupe ajourée avec couvercle sur pied simulant un tronc d'arbre placé sur une terrasse
rocaille ; sur cette terrasse est assise une jeune
femme tenant un chat jouant avec un chien.
Ancienne porcelaine de Saxe.

46 — Tonnelet orné de fleurs et surmonté d'une
figurine de petit bacchant ; sur pied décoré de
fleurs et de draperies. Ancienne porcelaine de
Saxe.

47 — Écuelle avec couvercle et plateau en ancienne
porcelaine de Saxe, à décor de paysages animés
et fleurs; bouton de couvercle en forme de
fraise. Dans un écrin en cuir fauve doré du
temps.

48 — Cabaret en ancienne porcelaine de Saxe, à
décor d'oiseaux sur des arbustes : théière, cafetière, pot à lait, sucrier, avec couvercles, bol,
huit tasses à thé et six tasses à café avec soucoupes. Avec un écrin.

49 — Paire de vases rocaille en ancienne porcelaine
de Saxe, contenant chacun un bouquet de fleurs,
décor de fleurs et oiseaux.

50-51 — Trente assiettes plates, quatorze assiettes
creuses, cinq assiettes ajourées, trois compotiers
et deux plats, décor de fleurs et fruits, marli
gaufré et orné d'une bordure de hachures roses.
Ancienne porcelaine de Saxe.

52 — Vase orné de fleurs et amours, avec fruits et
rocailles en ronde-bosse. Ancienne porcelaine de
Saxe.

53 — Deux tasses avec soucoupes en ancienne porcelaine de Saxe ; paysages animés et rinceaux
de dorure.

54 — Deux plateaux, forme feuille, en blanc et vert.
Même porcelaine.

55 — Deux figurines en ancienne porcelaine de Saxe : l'Été et l'Automne sous les traits d'enfants nus debout, tenant l'un des fleurs, l'autre des raisins.

56 — Figurine de jeune garçon debout, en culotte verte et veste rose, tenant une large corbeille. Ancienne porcelaine de Saxe.

57 — Figurine de l'Odorat sous les traits d'une femme debout, respirant le parfum d'une fleur et tenant une corbeille de fleurs. Ancienne porcelaine de Saxe.

58 — Figurine de berger jouant de la musette ; il est debout, accompagné d'un chien, et porte une culotte bleue et une longue tunique à fleurs sur fond violet. Ancienne porcelaine de Saxe.

59 — Figurine de femme tenant un bâton et un seau, debout auprès d'un vase ; support rocaille orné de fleurs. Ancienne porcelaine de Saxe.

60 — Petit vase pot-pourri avec son couvercle ajouré, décoré de figures gaufrées et placé sur une terrasse sur laquelle jouent trois amours en ronde-bosse. Ancienne porcelaine de Saxe.

61 — Figurine en ancienne porcelaine de Saxe : Cri de Paris : Marchand de gibier et d'œufs ; culotte verte et veste violette.

62 — Figurine en ancienne porcelaine de Saxe : Cri
de Paris : Montreur de lanterne magique.

63 — Éléphant debout, caparaçonné de rose. Ancienne porcelaine de Saxe.

64 — Chat couché en ancienne porcelaine de Saxe.

65 — Vache en ancienne porcelaine de Saxe.

66 — Figurine de Mercure en ancienne porcelaine
de Saxe.

67 — Deux figurines : l'Automne et l'Hiver. Même
porcelaine.

68 — Deux figurines équestres variées en ancienne
porcelaine de Saxe.

69 — Figurine de Chinois assis, caressant un perro-
quet. Ancienne porcelaine de Saxe.

70 — Figurine de Chinois debout, tenant un plateau
de fruits. Ancienne porcelaine de Saxe.

71 — Figurine de personnage de la Comédie ita-
lienne debout, son chapeau à la main. Ancienne
porcelaine de Saxe.

72 — Deux figurines en ancienne porcelaine de
Saxe : petites jardinières, tenant leur tablier
relevé.

73 — Deux figurines en ancienne porcelaine de
Saxe : l'Été et l'Hiver sous les traits d'enfants
en tenant les attributs et assis sur des socles.

74 — Figurine en ancienne porcelaine de Saxe
de petite jardinière debout, avec tablier à fleurs,
tenant un panier.

75 — Figurine en ancienne porcelaine de Saxe :
Joueuse de cornemuse assise.

76 — Figurine en ancienne porcelaine de Saxe :
Marchand de citrons, debout, veste jaune à
fleurs, culotte verte.

77 — Figurine en ancienne porcelaine de Saxe :
Daphné changée en laurier.

78 — Figurine en ancienne porcelaine de Saxe :
allégorie de la Musique sous les traits d'un
personnage nu jouant de la lyre.

79 — Figurine en ancienne porcelaine de Saxe
d'acteur jouant le rôle de Midas.

80 — Figurine d'acteur, culotte et chapeau noirs,
veste marron, gilet blanc. Ancienne porcelaine
de Saxe.

81 — Figurine de danseuse, en jupe à fleurs.
Ancienne porcelaine de Saxe.

82 — Groupe en ancienne porcelaine de Saxe :
Énée emportant Anchise.

83 — Figurine de Neptune en ancienne porcelaine
de Saxe.

84 — Figurine de petit buveur en ancienne porcelaine de Saxe.

85 — Deux figurines : Berger jouant de la musette
et bergère en jupe jaune. Ancienne porcelaine
de Saxe.

86 — Figurine de joueur de luth, veste jaune,
culotte rose. Ancienne porcelaine de Saxe.

87 — Deux figurines en ancienne porcelaine de
Saxe : Chanteur et chanteuse.

88-89 — Deux figurines en ancienne porcelaine de
Saxe : Amour jouant du tambourin, amour
ramoneur.

90 — Groupe, en deux parties, en ancienne porcelaine de Saxe, composé de trois figurines allégoriques : Couronnement d'un guerrier.

91 — Figurine de l'empereur Joseph II, debout, en
ancienne porcelaine blanche de Saxe, rehaussée
de dorure, portant les attributs de l'Empire
d'Allemagne.

92 — Figurine de petite musicienne debout, en jupe blanche, à fleurs, tablier jaune relevé. Ancienne porcelaine de Saxe.

93 — Statuette en ancienne porcelaine de Saxe : la Muse de la Musique, debout, vêtue d'une draperie à fleurs, tenant un feuillet de musique.

94 — Deux figurines en ancienne porcelaine de Saxe : Cris de Paris : le Colporteur et la Mercière.

95 — Petit groupe de deux amours, allégorie de la Musique et du Dessin. Ancienne porcelaine de Saxe.

96 — Petit groupe de cinq personnages : le Concert. Ancienne porcelaine de Saxe.

97 — Deux statuettes en ancienne porcelaine de Saxe : berger et bergère debout, auprès d'un tronc d'arbre, une brebis à leurs pieds.

98 — Groupe en ancienne porcelaine de Saxe : l'Amour maternel.

99 — Groupe en ancienne porcelaine de Saxe de deux amours tenant des guirlandes de fleurs.

100 — Groupe en ancienne porcelaine de Saxe : l'Amour et Psyché.

101 — Deux figurines en ancienne porcelaine de
Saxe : Marchand de poissons, tunique jaune,
culotte bariolée, et pêcheuse debout, tenant un
filet, et vêtue de violet, avec jupon, bariolé
également.

OBJETS DIVERS

102 — Encrier du temps de la Régence, formé d'un
plateau de laque à bordure de cuivre gravé et
de trois récipients en ancienne porcelaine de
Saxe, à décor de paysages animés.

103 — Cassolette en bronze Louis XV, à décor de
motifs rocaille, ornée de deux figurines : le Prin-
temps et l'Automne, d'une corbeille simulant
l'osier et de fleurettes, en ancienne porcelaine de
Saxe.

104 — Petite pendule en bronze Louis XV, en forme
d'arbuste, orné de fleurs, en ancienne porcelaine
de Saxe, avec groupe, sur la base, à sujet
galant, en ancienne porcelaine de Hœchst.

105 — Pendule en bronze doré, à mouvement porté
par deux colonnettes et surmonté de cornes
d'abondance; base en marbre blanc, ornée d'une
frise de rinceaux en bronze doré. Cadran signé :
Brille à Paris. Époque Louis XVI.

106 — Paire de candélabres à trois lumières en
bronze doré et bronze patiné, formés chacun
d'une statuette de nymphe debout, portant le
bouquet de lumières ; base cannelée ; contre-
socle en marbre blanc. Époque Louis XVI.

107 — Commode Louis XVI en bois de placage,
dessus de marbre.

Objets appartenant à M. X...

PORCELAINES DE SAXE
ET AUTRES

108 — Cache-pot carré : paysage et personnages en camaïeu rose. Ancienne porcelaine de Capo di Monte.

109 — Tasse, sucrier et plateau oblong, en ancienne porcelaine de Vincennes : paysages en camaïeu rose, fond bleu marbré, dit de Vincennes.

110 — Tasse droite, paysage, fond vert. Ancienne porcelaine tendre de Sèvres.

111 — Figurine de petit pêcheur, vêtu d'une veste verte. Ancienne porcelaine de Furstenberg.

112 — Petit groupe en ancienne porcelaine de Furstenberg : Singe sculpteur.

113 — Groupe d'un coq et d'une poule. Ancienne porcelaine de Hœchst.

114 — Statuette en porcelaine de Saxe-Marcolini, provenant d'un groupe : personnage tenant une torche et assis près d'un bûcher.

115 — Pipe, à sujets mythologique. Saxe. Époque
Empire.

116 — Figurine de joueur de luth, veste verte, culotte rose. Ancienne porcelaine de Saxe.

117 — **Statuette** en ancienne porcelaine de Saxe :
l'Elbe, sous les **traits** d'un vieillard tenant une
corne d'abondance d'où s'**échappent** des fruits
et des produits de la manufacture **royale** de
Meissen.

118 — Plateau de surtout, avec coupe simulant
l'osier, en ancienne porcelaine de Saxe, à décor
de fleurs, rocailles et rubans.

119 — Pièce de surtout, en forme de bouquet de
fleurs enrubanné, en ancienne porcelaine de Saxe.

120 — Paire de petites jardinières, ornées de fleurs
et rocailles, en ancienne porcelaine de Saxe, avec
bouquet composé de fleurettes de même porcelaine.

121 — Vase de flammes, figurant le Feu, orné d'un
dragon, d'un serpent et d'une figure en ronde-
bosse. Ancienne porcelaine de Saxe.

122 — Paire de candélabres à trois lumières, à tiges-
balustres, à trois faces, décor gaufré avec rehauts
de dorure. Ancienne porcelaine de Saxe.

123 — Petit gobelet allemand, sur tige-figurine et
avec couvercle en argent partiellement doré.

TAPISSERIE

124 — Tapisserie rectangulaire, présentant deux
figures allégoriques de femmes personnifiant les
Arts; richement vêtues, entourées d'amours,
elles sont assises dans un paysage avec fruits
et fleurs au premier plan; bordures simulant
un cadre. Bruxelles, xviiie siècle.

Haut., 3 m. 35 cent.: larg.; 4 m. 20 cent.

RED. :

21

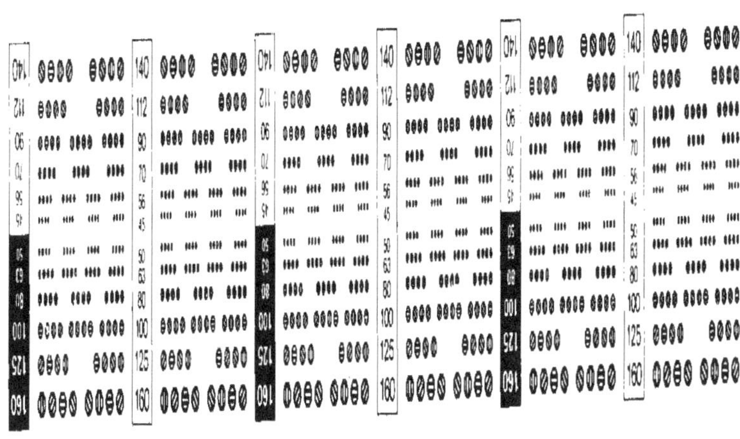

MIRE ISO N° 1
NF Z 43-007
AFNOR
Cedex 7 - 92080 PARIS-LA-DÉFENSE
graphicom
3.79.09.70

0 1 2 3 4 5 6 7 8 9 10

BIBLIOTHEQUE NATIONALE DE FRANCE

****

CHATEAU DE SABLE

1996